Hans de Beer was born in Muiden, near Amsterdam, Holland. After briefly studying history, he finished his studies at the Rietveld Art Academy in Amsterdam. The *Little Polar Bear,* Hans's art school graduation project, brought him worldwide success and countless awards, and has been translated into thirty languages so far. Today Hans lives and works as a freelance illustrator with his wife, the Italian illustrator Serena Romanelli, in Amsterdam and near Florence, Italy.

North
South

This bilingual edition first published in 2020 by NorthSouth Books Inc., New York 10016 in association
with Edition bi:libri, 80993 Munich, Germany.

English translation © 2013 by Dr. Kristy Koth
Spanish translation © 2020 by Beatriz Bernabé

Distributed in the United States by NorthSouth Books Inc., New York 10016.

Library of Congress Cataloging-in-Publication Data is available.
A CIP catalogue record for this book is available from The British Library.

Printed in China, July 2020
ISBN: 978-0-7358-4436-0

FSC
www.fsc.org
MIX
Paper from
responsible sources
FSC® C144853

Hans de Beer

LITTLE POLAR BEAR
Where Are You Going, Lars?

EL OSITO POLAR
¿Adónde vas, Lars?

Today is a special day for Lars, the little polar bear. He gets to go out on the great ice with his father for the first time, all the way to the sea. Lars lives with his parents near the North Pole, surrounded by snow and ice. On this morning, the world around him is as white as his fur. It's snowing.

Hoy es un día muy especial para Lars, el osito polar. Por primera vez le han dejado salir con su padre a la masa polar hasta llegar al mar. Lars vive con sus padres en el Polo Norte, rodeado de nieve y de hielo. Esta mañana todo a su alrededor es tan blanco como su piel. Está nevando.

They reach the sea around noon. It lies before them, blue and endless. "Stay here and pay close attention to how I swim!" says Father Polar Bear as he jumps into the cold water. He swims back and forth several times. Suddenly he dives under. Lars doesn't see him for a long time. He starts to get nervous. But then his father reappears, with a big, beautiful fish! "Look, this is our dinner," says Father Polar Bear and he bites the fish into two halves.

Llegan al mar cerca del mediodía. Ante ellos se encuentra un mar azul e infinito. "Quédate aquí y fíjate bien cómo nado", dice Papá Oso Polar antes de saltar al agua fría. Se pasa nadando un buen rato de aquí para allá. De repente se sumerge en el agua. Lars deja de ver a su padre y se pone un poco nervioso. Pero enseguida sale del agua ¡con un enorme y precioso pez! "Mira, esta es nuestra cena", dice Papá Oso Polar y parte el pez en dos con sus dientes.

Once they've eaten, it's time to go to bed. "Lars, you have to build a pile of snow to shelter you from the cold wind," Father Polar Bear says. They both push the snow together until they've each built a snow pile. Lars is proud of the hill he's made for himself and happily snuggles against the snow. They fall asleep quickly.

Después de comer llega el momento de irse a la cama. "Lars, ahora tienes que hacer una montaña de nieve para protegerte del frío viento", dice Papá Oso Polar. Los dos empujan la nieve hacia ellos hasta que cada uno consigue su montón de nieve. Lars está orgulloso del refugio que ha hecho y se acurruca contento en la nieve. Enseguida se quedan dormidos.

When Lars wakes up, day has broken. He is suddenly frightened: nothing but water wherever he looks! He is all alone in the middle of the ocean! Alone on a little island of ice with the small pile of snow. Where is his father? Lars feels completely abandoned.

Cuando Lars se despierta ya es de día. Se lleva un buen susto: ¡mire donde mire no hay nada más que agua! ¡Está completamente solo en medio del mar! Solo, en una pequeña isla, acompañado de un montoncito de nieve. ¿Dónde está su padre? Lars se siente completamente abandonado.

He feels a strange warmth and soon realizes that his ice floe is getting smaller and smaller. He discovers a big barrel floating towards him. It's a good thing that his father showed him how to swim! Bravely he jumps into the water and paddles to the barrel. He pulls himself up and holds on tight, because a strong wind is coming up. Lars is rocked by the waves.

Siente un extraño calor y enseguida se da cuenta de que su islote de hielo cada vez es más pequeño. Y en ese momento descubre un enorme barril flotando hacia él. ¡Menos mal que su padre le ha enseñado a nadar! Se arma de valor, salta al agua y chapotea hasta el barril. Se estira todo lo que puede y se agarra fuerte porque se está levantando mucho viento. Lars se mece con las olas.

After the wind dies down, Lars drifts aimlessly on the sea for a long time. It keeps getting lighter and warmer. Suddenly, he sees land. Green land! Lars is amazed. This is not his white home! Where has he ended up? Carefully, Lars slides from the barrel and splashes through the shallow water to the shore.

Una vez calmado el viento, Lars se queda flotando un buen rato en el mar sin rumbo fijo. El día es cada vez más claro y cálido. De pronto ve tierra delante de él. ¡Tierra verde! Lars está muy sorprendido. ¡Aquello no es su blanco hogar! ¿Adónde habrá ido a parar? Con mucho cuidado Lars se baja del barril y chapotea por un agua poco profunda hasta llegar a la orilla.

Lars' paws hurt, as he walks over the hot sand. He longs for snow and ice. He is just turning back because he wants to cool his paws in the water, when a huge animal emerges in front of him. "Boo!" it says. Lars runs away. "Wait, wait! I'm just teasing you!" yells the big animal.

A Lars le duelen las patas al andar por la arena caliente. Echa de menos la nieve y el hielo. Se gira para refrescar las patas en el agua y entonces aparece delante de él un animal inmenso. "¡Buuuuuu!", dice el animal. Lars sale corriendo. "¡Espera, espera! ¡Sólo te estaba tomando el pelo!", exclama el enorme animal.

"I'm Hippo, the hippopotamus. Who are you? Why are you so white?"
Lars doesn't know how to answer this last question. "Where I come from, everything is white!"
He isn't afraid of Hippo anymore and tells him about his long journey. "I'd like to go back home," he says finally.

"Soy Hipo, el hipopótamo. ¿Quién eres tú? ¿Por qué eres tan blanco?".
Lars no sabe cómo contestar a la última pregunta. "¡Porque de donde yo vengo todo es blanco!".
Hipo ya no le da ningún miedo, así que le cuenta todo sobre su largo viaje. "Me gustaría volver a casa", dice al terminar.

Hippo doesn't have to think long. "The only one who can help you is Drago, the eagle. He's been all over the world and he'll know where you come from and how you can get back," he explains. "Come on, we have to cross the river and then climb up the mountain."
"I can't, um, you know… I can't swim very well yet," Lars stutters.
"No problem!" laughs Hippo. "Sit on my back – I definitely won't go under!"

Hipo no se lo piensa dos veces. "El único que te puede ayudar es Drago, el águila. Ha viajado por todo el mundo y seguro que sabrá de dónde vienes y cómo puedes regresar", explica. "Ven, tenemos que atravesar el río y subir a la montaña".
"Pero yo no sé… verás… todavía no sé nadar muy bien", balbucea Lars.
"¡No te preocupes!", se ríe Hipo. "Siéntate en mi espalda, ¡seguro que yo no me hundo!".

On the opposite shore, Lars is amazed by the trees and bushes, the grass and the flowers. What a strange place! So many colors! He comes across a funny green animal that suddenly turns white. White like Lars! "A chameleon," explains Hippo. "It can change its color." Lars finds that very convenient.

Ya en la otra orilla Lars mira asombrado los árboles y los arbustos, la hierba y las flores. ¡Qué mundo más raro! ¡Cuántos colores! Se encuentra con un extraño animal verde que de pronto se vuelve blanco. Blanco como Lars. "Es un camaleón", explica Hipo. "Puede cambiar de color". A Lars aquello le parece muy práctico.

Then they arrive in the mountains. It isn't as hot here and Lars feels much more comfortable. Climbing up the mountain is very difficult for the hippopotamus, though. Lars helps him and shows him where he should put his feet.

Entonces llegan a las montañas. Allí ya no hace tanto calor y Lars se encuentra mucho más a gusto. Pero para el hipopótamo escalar no es nada fácil. Lars le ayuda y le enseña dónde puede ir poniendo los pies.

"That's enough for today!" sighs Hippo exhausted. "Let's rest here – this is a nice spot." They look out over the land and the sea. Lars feels homesick.

"¡Por hoy es suficiente!", suspira Hipo agotado. "Vamos a descansar un poco aquí, es un sitio precioso". Se quedan mirando a lo lejos por encima de la tierra y del mar. Lars empieza a añorar su hogar.

The next day they continue their climb. Hippo has to stop to take a break and catch his breath once in a while. He watches for Drago. "There he is!" he finally yells. Lars ducks down when he sees the huge bird. "Hello, Drago!" Hippo greets the eagle warmly as he lands. Then he briefly explains why he's come up the mountain with Lars.

Al día siguiente continúan escalando. Hipo tiene que parar de vez en cuando para descansar un poco y tomar aliento. Busca a Drago con la mirada. "¡Allí viene!", grita finalmente. Lars se agacha cuando ve al enorme pájaro. "¡Buenos días, Drago!", saluda Hipo amablemente al águila cuando esta aterriza. Y entonces le explica brevemente la razón por la que ha escalado la montaña con Lars.

Drago looks at Lars. "Well, well, a polar bear in Africa! You're a long way from home, little guy. But I know a whale – he travels back and forth between here and the North Pole. He'll take you back. Meet me and Orca tomorrow in the bay."
"Thank you so much!" says Lars. Then they walk back down the mountain.

Drago mira a Lars. "Bueno, bueno, ¡un oso polar en África! Estás muy lejos de tu casa, mi pequeño. Pero conozco a una ballena que suele ir y venir desde aquí hasta el Polo Norte. Te llevará con ella. Espéranos a mí y a Orca mañana en la bahía".
"¡Muchísimas gracias!", contesta Lars. Y comienzan a bajar la montaña.

Lars walks ahead light-footed – the anticipation of returning home drives him on. Hippo stomps behind. His heart is heavy. Early the next morning, they meet Drago and Orca in the bay. Hippo is happy for Lars that he gets to go home. But saying goodbye to his little friend isn't easy.
"All the best, then," is all he can say.

Lars avanza con ligereza; la alegría de volver a casa le ayuda a caminar. Hipo anda arrastrándose detrás de él. Su corazón pesa mucho. A la mañana siguiente muy temprano, se encuentran con Drago y con Orca en la bahía. Hipo se alegra de que Lars pueda volver a su casa, pero decirle adiós a su pequeño amigo no es nada fácil.
"Pues, que te vaya muy bien", es todo lo que acierta a decir.

"Thanks a bunch for everything, dear Hippo!" yells Lars, as he sits on the whale. Drago flies along for a while. Hippo is left alone. He sits on the beach long after Lars has disappeared from view.

"¡Mil gracias por todo, querido Hipo!", dice Lars ya sentado encima de la ballena. Drago vuela un ratito con ellos. Hipo se queda atrás solo. Y permanece sentado en la playa bastante tiempo después de que Lars haya desaparecido de su vista.

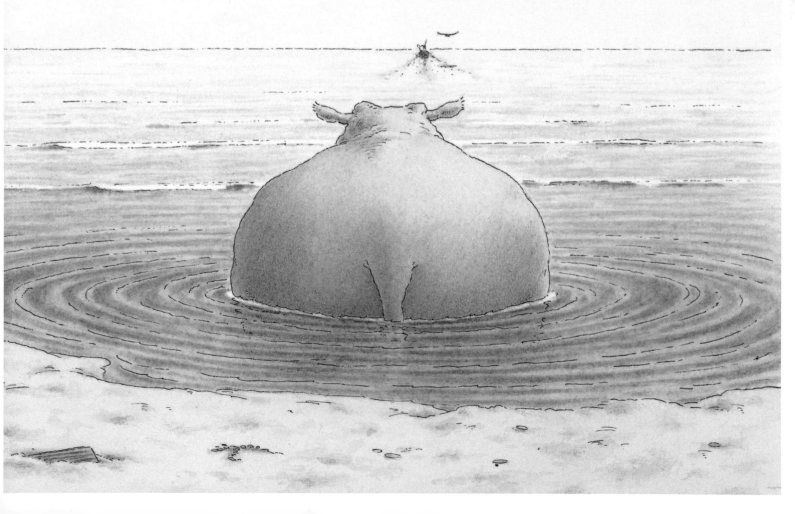

"You must live around here somewhere," says Orca, as they get near the big icebergs. At that very moment, Lars cries: "There's my father! Father! Father! Here I am!" Father Polar Bear can't believe his eyes! There's Lars – on the back of a whale!

"Por aquí más o menos debería estar tu casa", dice Orca al llegar a los enormes icebergs. Y en ese mismo momento grita Lars: "¡Allí está mi padre! ¡Papá! ¡Papá! ¡Estoy aquí!". ¡Papá Oso Polar no puede creer lo que está viendo! Allí está Lars, ¡sentado en la espalda de una ballena!

Although Father Polar Bear is very tired from his long search for Lars, he instantly sets about catching a nice, big fish for Orca. The whale thanks him and swims off again.
"Now," says Father Bear, "let's get back home to your mother right away!"

Aunque Papá Oso Polar está muy cansado de tanto buscar a Lars, enseguida se pone manos a la obra para pescar un enorme y precioso pez para Orca. La ballena le da las gracias y emprende su viaje de vuelta.
"¡Rápido!", dice Papá Oso Polar, "¡vamos a casa a ver a mamá!".

Lars gets to ride on his father's back. He can hold on to the shaggy fur with no trouble. On Hippo's back it was really slippery. They head back across the big ice. Everything is white and cold. Lars is happy. The last time they traveled this path, Father Polar Bear taught his little son lots of things. Now it's Lars who talks and talks. He tells about things that his father has never seen.

"And no one there was white? Not anyone?" asks Father Polar Bear stunned.

"No, no one except a chameleon. But that doesn't count," says Lars and laughs.

Father Polar Bear doesn't understand what Lars is laughing about, but he's happy that Lars is home again.

Lars se sienta en la espalda de su padre. Agarrarse a su peluda piel le resulta muy sencillo. La espalda de Hipo era mucho más escurridiza. Vuelven por la masa polar. Todo es blanco y está frío. Lars está feliz. La última vez que habían ido por ese camino, Papá Oso Polar le había explicado muchas cosas a su pequeño hijo. Ahora es Lars el que habla y habla. Le cuenta cosas que su padre nunca antes ha visto.

"¿Y allí nadie era blanco? ¿Absolutamente nadie?", le pregunta Papá Oso Polar sorprendido.

"No, nadie, excepto un camaleón. Pero eso no cuenta", dice Lars y se ríe.

Papá Oso Polar no entiende por qué se ríe Lars, pero está feliz de volver a tenerlo a su lado.

NorthSouth Books and Edition bi:libri are proud to present an exciting line of multilingual children's books.

Launched in 2019 with ten bilingual editions of *The Rainbow Fish*, this series continues with further titles that address universal themes such as friendship, tolerance, and finding courage—bringing great stories and second-language learning fun to children around the world.

The following bilingual editions of the *Little Polar Bear* are available:

English/German
ISBN: 978-0-7358-4433-9

English/French
ISBN: 978-0-7358-4434-6

English/Italian
ISBN: 978-0-7358-4435-3

English/Spanish
ISBN: 978-0-7358-4436-0

English/Arabic
ISBN: 978-0-7358-4437-7

English/Chinese
ISBN: 978-0-7358-4438-4

English/Korean
ISBN: 978-0-7358-4439-1

English/Japanese
ISBN: 978-0-7358-4440-7

English/Russian
ISBN: 978-0-7358-4441-4

English/Vietnamese
ISBN: 978-0-7358-4442-1

Edition bi:libri is a publishing house based in Germany, specializing in bilingual children's books. Publisher Dr. Kristy Koth is American and did undergraduate studies in languages and second-language acquisition before completing an MA and a PhD in French Literature. She taught French in the US and English in Japan, France, and Germany before beginning her career in publishing, where she combines her knowledge about language learning with her passion for children's literature.